John William Polidori

Le Vampire

Texte et illustration de couverture : © domaine public
Edition : Culturea (Hérault, 34)
Contact : infos@culturea.fr
Retrouvez notre catalogue sur http://culturea.fr
Imprimé en Allemagne par Books on Demand
Design typographique : Derek Murphy
Layout : Reedsy (https://reedsy.com/)

Dépôt légal : janvier 2023

ISBN : 9791041910670

Table des matières

Préface

Qui est John William Polidori ? Pour l'histoire littéraire, il est le mystérieux auteur du *VAMPIRE*, longtemps attribué à Lord Byron... Polidori était en effet le médecin et le secrétaire du célèbre poète romantique. On sait d'autre part que Polidori se trouvait durant l'été 1816, au bord du lac Léman, dans la fameuse Villa Diodati avec Byron, sa maîtresse, Claire Clairmont, Shelley et sa femme Mary.

C'est là qu'ils se lancent un défi : écrire en une journée une histoire de fantômes. Mary Shelley écrivit *FRANKENSTEIN* et Lord Byron le début d'une nouvelle, *LE VAMPIRE*, qu'il abandonna... Polidori, en bon secrétaire, conserva les feuillets et termina le texte.

Bien que l'intérêt littéraire du texte soit contesté par certains (dont votre serviteur), *LE VAMPIRE* est souvent considéré comme le texte fondateur du genre. Après lui, viendra, entre autres, l'inégalé *DRACULA* de Bram Stocker.

Coolmicro

Le Vampire

La superstition qui sert de fondement à ce conte est universelle dans l'Orient. Elle est commune chez les Arabes ; cependant elle ne se répandit chez les Grecs qu'après l'établissement du christianisme, et elle n'a pris la forme dont elle est revêtue que depuis la séparation des églises grecque et latine. Ce fut alors qu'on commença à croire que le cadavre d'un latin ne pouvait pas se corrompre, s'il était inhumé en terre grecque, et à mesure que cette croyance s'étendit, elle donna naissance aux histoires épouvantables de morts qui sortaient de leurs tombeaux, et suçaient le sang des jeunes filles distinguées par leur beauté. Elle pénétra dans l'Ouest avec quelques variations ; on croyait en Hongrie, en Pologne, en Autriche, en Bohême, que les vampires pompaient pendant la nuit une certaine quantité du sang de leurs victimes, qui maigrissaient à vue d'œil, perdaient leurs forces et périssaient de consomption, tandis que ces buveurs de sang humain s'engraissaient, et que leurs veines se distendaient à un tel point, que le sang s'écoulait par toutes les issues de leurs corps, et même par tous leurs pores.

Le journal de Londres de mars 1733 contient un récit curieux et *croyable* d'un cas particulier de vampirisme qu'on prétend être arrivé à Madreygea en Hongrie. Le commandant en chef et les magistrats de cette place affirmèrent positivement et d'une voix unanime, après une exacte information, qu'environ cinq ans auparavant, un certain Heyduke, nommé Arnold Paul, s'était plaint qu'à Cassovia, sur les frontières de la Servie turque, il avait été tourmenté par un vampire, mais qu'il avait échappé à sa rage en mangeant un peu de terre qu'il avait prise sur le tombeau du vampire, et en se frottant lui-même de son sang. Cependant cette précaution ne l'empêcha pas de devenir vampire à son tour ; car, vingt ou trente jours après sa mort et son enterrement, plusieurs personnes se plaignirent d'avoir été tourmentées par lui ; on déposa même que quatre personnes avaient été privées de la vie par ses attaques ; pour prévenir de nouveaux malheurs, les habitants, ayant consulté leur Hadagai [1], exhumèrent le cadavre et le trouvèrent (comme on le suppose dans tous les cas de vampirisme) frais et sans aucunes traces de corruption ; sa bouche, son nez et ses oreilles étaient teints d'un sang pur et vermeil. Cette preuve était convaincante ; on eut recours un remède accoutumé. Le corps d'Arnold fut percé d'un pieu, et l'on assure que, pendant cette opération, il poussa un cri terrible, comme s'il eût été vivant. Ensuite on lui coupa la tête qu'on brûla avec son corps, et on jeta ses cendres dans son tombeau. Les mêmes mesures furent adoptées à l'égard des corps de ceux qui avaient péri victimes du vampire, de peur qu'elles ne le devinssent à leur tour et ne tourmentassent les vivants.

On rapporte ici ce conte absurde, parce que, plus que tout autre, il nous a semblé propre à éclaircir le sujet qui nous occupe. Dans plusieurs parties de la Grèce, on considère le vampirisme comme une punition qui poursuit, après sa mort, celui qui s'est rendu coupable de quelque grand crime durant sa vie. Il est condamné à tourmenter de préférence par ses visites infernales les personnes qu'il aimait le plus, celles à qui il était uni par les liens du sang et de la tendresse. C'est à cela que fait allusion un passage du *Giaour* :

But first on earth, as Vampire sent, etc.

« Mais d'abord envoyé sur ta terre comme un vampire, ton corps s'élancera de sa tombe ; effroi du lieu de ta naissance, tu iras sucer le sang de toute ta famille ; et dans l'ombre de la nuit tu tariras les sources de la vie dans les veines de ta fille, de ta sœur et de ton épouse. Pour combler l'horreur de ce festin barbare qui doit rassasier ton cadavre vivant, tes victimes reconnaîtront leur père avant d'expirer ; elles te maudiront et tu les maudiras. Tes filles périront comme la fleur passagère ; mais une de ces infortunées à qui ton crime sera fatal, la plus jeune, celle que tu aimais le mieux, t'appellera du doux nom de père. En vain ce nom

---

[1] Grand bailli

brisera ton cœur ; tu seras forcé d'accomplir ta tâche impie, tu verras ses belles couleurs s'effacer de ses joues, la dernière étincelle de ses yeux s'éteindre, et sa prunelle d'azur se ternir en jetant sur toi un dernier regard ; alors ta main barbare arrachera les tresses de ses blonds cheveux ; une de ses boucles t'eût paru autrefois le gage de la plus tendre affection, mais maintenant elle sera pour toi un souvenir de son cruel supplice ! Ton sang le plus pur souillera tes lèvres frémissantes et tes dents agitées d'un tremblement convulsif. Rentre dans ton sombre sépulcre, partage les festins des Goules et des Afrites, jusqu'à ce que ces monstres fuient avec horreur un spectre plus barbare qu'eux ! »

Southey a aussi introduit dans son beau poème de *Thalaza*, une jeune Arabe, Oneiza, qui, devenue vampire, était sortie du tombeau pour tourmenter son amant chéri ; mais on ne peut supposer que ce fût une punition de ses crimes, car elle est représentée dans tout le poème comme un modèle d'innocence et de pureté. Le véridique Tournefort raconte longuement dans ses voyages des cas étonnants de vampirisme dont il prétend être le témoin oculaire. Calmet, dans son grand ouvrage sur le vampirisme, en rapportant de nombreuses anecdotes qui en expliquent les effets, a donné plusieurs dissertations savantes où il prouve que cette erreur est aussi répandue chez les peuples barbares que chez les nations civilisées.

On pourrait ajouter plusieurs notes aussi curieuses qu'intéressantes sur cette superstition horrible et singulière ; mais elles dépasseraient les bornes d'un avant-propos. On remarquera en finissant, que quoique le nom de Vampire soit le plus généralement reçu, il a d'autres synonymes dont on se sert dans les différentes parties du monde, comme *Vroucolacha, Vardoulacha, Goule, Broucoloka,* etc.

****

Au milieu des cercles de la haute société que le retour de l'hiver réunit à Londres, on voyait un seigneur aussi remarquable par ses singularités que par son rang distingué. Spectateur impassible de la gaîté qui l'environnait, il semblait ne pouvoir la partager. Si la beauté, par un doux sourire, fixait un instant son attention, un seul de ses regards la glaçait aussitôt et remplissait d'effroi ces cœurs où la légèreté avait établi son trône. La source de la terreur qu'il inspirait était inconnue aux personnes qui en éprouvaient les effets ; quelques-uns la cherchaient dans ses yeux gris et ternes, qui ne pénétraient pas jusqu'au fond du cœur, mais dont la fixité laissait tomber un regard sombre dont on ne pouvait supporter le poids. Ces singularités le faisaient inviter dans toutes les maisons : tout le monde souhaitait de le voir. Les personnes accoutumées aux sensations fortes, et qui éprouvaient le poids de l'ennui, étaient charmées d'avoir en leur présence un objet de distraction qui pût attirer leur attention. Malgré la pâleur mortelle de son visage que ne coloraient jamais ni l'aimable incarnat de la pudeur, ni la rougeur d'une vive émotion, la beauté de ses traits fit naître à plusieurs femmes coquettes le dessein de le captiver ou d'obtenir de lui au moins quelques marques de ce qu'on appelle affection. Lady Mercer, qui depuis son mariage avait souvent donné prise à la malignité par la légèreté de sa conduite, se mit sur les rangs, et employa tous les moyens pour en être remarquée. Ce fut en vain : lorsqu'elle se tenait devant lui, quoique ses yeux fussent en apparence fixés sur elle, ils semblaient ne pas l'apercevoir. On se moqua de son impudence et elle renonça à ses prétentions. Si telle fut sa conduite envers cette femme galante, ce n'est pas qu'il se montrait indifférent aux attraits du beau sexe ; mais la réserve avec laquelle il parlait à une épouse vertueuse et à une jeune fille innocente laissait croire qu'il professait pour elles un profond respect. Cependant son langage passait pour séduisant ; et soit que ces avantages fissent surmonter la crainte qu'il inspirait, soit que sa haine apparente pour le vice le fit rechercher, on le voyait aussi souvent dans la société des femmes qui sont l'honneur de leur sexe par leurs vertus domestiques, que parmi celles qui se déshonorent par leurs dérèglements.

À peu près dans le même temps arriva à Londres un jeune homme nommé Aubrey ; orphelin dès son enfance, il était demeuré avec une seule sœur, en possession de grands biens. Abandonné à lui-même par ses tuteurs, qui bornant leur mission à conserver sa fortune, avaient laissé le soin de son éducation à des mercenaires, il s'appliqua bien plus à cultiver son imagination que son jugement. Il était rempli de ces sentiments romanesques d'honneur et de probité qui causent si souvent la ruine des jeunes gens sans expérience. Il croyait que la vertu régnait dans tous les cœurs et que la Providence n'avait laissé le vice dans le monde que pour donner à la scène un effet plus pittoresque, comme dans les romans. Il ne voyait d'autres misères dans la vie des gens de la campagne que d'être vêtus d'habits grossiers, qui cependant préservaient autant du froid que des vêtements plus somptueux, et avaient en outre l'avantage de fournir des sujets piquants à la peinture par leurs plis irréguliers et leurs couleurs variées. Il prit, en un mot, les rêves des poètes pour les réalités de la vie. Il était bien fait, libre et opulent : à ces titres, il se vit entouré, dès son entrée dans le monde, par la plupart des mères qui s'efforçaient d'attirer ses regards sur leurs filles. Celles-ci par leur maintien composé lorsqu'il s'approchait d'elles, et par leurs regards attentifs lorsqu'il ouvrait les lèvres, lui firent concevoir une haute opinion de ses talents et de son mérite. Attaché comme il était au roman de ses heures solitaires, il fut étonné de ne trouver qu'illusion dans les peintures séduisantes contenues dans les ouvrages dont il avait fait son étude. Trouvant quelque compensation dans sa vanité flattée, il était près d'abandonner ses rêves, lorsqu'il rencontra l'être extraordinaire que nous avons dépeint plus haut.

Il se plut à l'observer ; mais il lui fut impossible de se former une idée distincte du caractère d'un homme entièrement absorbé en lui-même, et qui ne donnait d'autre signe de ses rapports avec les objets extérieurs qu'en évitant leur contact. Son imagination, entraînée par tout ce qui flattait son penchant pour les idées extravagantes, ne lui permit pas d'observer froidement le personnage qu'il avait sous les yeux, mais elle forma bientôt le héros d'un roman. Aubrey fit connaissance avec lord Ruthven, lui témoigna beaucoup d'égards, et parvint enfin à être toujours remarqué de lui. Peu à peu, il apprit que les affaires de sa seigneurie étaient embarrassées, et qu'il se disposait à voyager. Désireux de connaître à fond ce caractère singulier qui avait jusqu'alors excité sa curiosité sans la satisfaire, Aubrey fit entendre à ses tuteurs que le temps était venu de commencer ces voyages, qui depuis tant de générations ont été jugés nécessaires pour faire avancer à grands pas les jeunes gens dans la carrière du vice. Ils apprennent à écouter sans rougir le récit des intrigues scandaleuses, qu'on raconte avec vanité où dont on fait le sujet de ses plaisanteries, selon qu'on a mis plus ou moins d'habileté à les conduire. Les tuteurs d'Aubrey consentirent à ses désirs. Il fit part aussitôt de ses intentions à lord Ruthven et fut surpris de recevoir de lui sa proposition de l'accompagner. Flatté d'une telle marque d'estime de la part de celui qui paraissait n'avoir rien de commun avec les autres hommes, il accepta avec empressement, et dans peu de jours ils eurent traversé le détroit.

Jusque-là, Aubrey n'avait pas eu l'occasion d'étudier le caractère de lord Ruthven, et maintenant même, quoique la plupart des actions de sa seigneurie fussent exposées à ses regards, il avait de l'embarras à se former un jugement exact de sa conduite. Son compagnon de voyage poussait la libéralité jusqu'à la profusion ; le fainéant, le vagabond, le mendiant recevaient de sa main au-delà de ce qui était nécessaire pour satisfaire leurs besoins présents. Mais Aubrey ne put s'empêcher de remarquer qu'il ne répandait jamais ses aumônes sur la vertu malheureuse : il la renvoyait toujours avec dureté. Au contraire, lorsqu'un vil débauché venait lui demander quelque chose, non pour subvenir à ses besoins, mais pour s'enfoncer davantage dans le bourbier de son iniquité, il recevait un don considérable. Aubrey n'attribuait cette distinction qu'à la plus grande importunité du vice qui l'emporte sur la timidité de la vertu indigente. Cependant les résultats de la charité de sa seigneurie firent une vive impression sur son esprit : ceux qui en éprouvaient les effets périssaient sur l'échafaud ou tombaient dans la plus affreuse misère, comme si une malédiction y était attachée.

À Bruxelles et dans toutes les villes où ils séjournèrent, Aubrey fut surpris de la vivacité avec laquelle son compagnon de voyage se jetait dans le centre de tous les vices à la mode. Il fréquentait assidûment les maisons de jeu ; il pariait, et gagnait toujours, excepté lorsque son adversaire était un filou reconnu, et alors il perdait plus que ce qu'il avait gagné ; mais ni la perte ni le gain n'imprimaient le plus léger changement sur son visage impassible. Cependant lorsqu'il était aux prises avec un imprudent jeune homme ou un malheureux père de famille, il sortait de sa concentration habituelle ; ses yeux brillaient avec plus d'éclat que ceux du chat cruel qui joue avec la souris expirante. En quittant une ville, il y laissait le jeune homme, arraché à la société dont il faisait l'ornement, maudissant, dans la solitude, le destin qui l'avait livré à cet esprit malfaisant, tandis que plus d'un père de famille, le cœur déchiré par les regards éloquents de ses enfants mourant de faim, n'avait pas même une obole à leur offrir pour satisfaire leurs besoins, au lieu d'une fortune naguère considérable. Ruthven n'emportait aucun argent de la table de jeu ; il perdait aussitôt, avec celui qui avait déjà ruiné plusieurs joueurs, cet or qu'il venait d'arracher aux mains d'un malheureux. Ces succès supposaient un certain degré d'habileté, qui toutefois ne pouvait résister à la finesse d'un filou expérimenté. Aubrey se proposait souvent de faire des représentations à son ami, et de l'engager à se priver d'un plaisir qui causait la ruine de tous, sans lui apporter aucun profit. Il différait toujours dans l'espérance que son ami lui donnerait l'occasion de lui parler à cœur ouvert. Cette occasion ne se présentait jamais : lord Ruthven, au fond de sa voiture, ou parcourant les paysages les plus pittoresques, était toujours le même : ses yeux parlaient moins que ses lèvres. C'était vainement qu'Aubrey cherchait à pénétrer dans le cœur de l'objet de sa curiosité ; il ne pouvait découvrir un mystère que son imagination exaltée commençait à croire surnaturel.

Ils arrivèrent bientôt à Rome, où Aubrey perdit quelque temps son compagnon de voyage. Il le laissa dans la société d'une comtesse italienne, tandis que lui visitait les monuments et les antiquités de l'ancienne métropole de l'univers. Pendant qu'il se livrait à ces recherches, il reçut des lettres de Londres qu'il ouvrit avec une vive impatience : la première était de sa sœur, elle ne lui parlait que de leur affection mutuelle ; les autres qui étaient de ses tuteurs le frappèrent d'étonnement. Si l'imagination d'Aubrey s'était jamais formée l'idée que le génie du mal animait lord Ruthven, elle était confirmée dans cette croyance par les lettres qu'il venait de lire. Ses tuteurs le pressaient de se séparer d'un ami dont le caractère était profondément dépravé, et que ses talents pour la séduction ne rendaient que plus dangereux à la société. On avait découvert que son mépris pour une femme adultère était loin d'avoir pour cause la haine de ses vices, mais qu'il voulait jouir du plaisir barbare de précipiter sa victime et la complice de son crime, du faîte de la vertu dans le bourbier de l'infamie et de la dégradation. En un mot, toutes les femmes dont il avait recherché la société, en apparence pour rendre hommage à leur vertu, avaient, depuis son départ, jeté le masque de la pudeur, et ne rougissaient pas d'exposer aux regards du public la laideur de leurs vices.

Aubrey se détermina à quitter un homme dont le caractère, sous quelque point de vue qu'il l'eût considéré, ne lui avait jamais rien montré de consolant. Il résolut de chercher quelque prétexte plausible pour se séparer de lui, en se proposant d'ici là de le surveiller de plus près, et de ne laisser aucune de ses actions sans la remarquer. Il se fit présenter dans la société que Ruthven fréquentait, et s'aperçut bientôt que le lord cherchait à séduire la fille de la comtesse. En Italie, les jeunes personnes paraissent peu dans le monde avant leur mariage. Il était donc obligé de dresser en secret ses batteries, mais les yeux d'Aubrey le suivaient dans toutes ses démarches et découvrirent bientôt qu'un rendez-vous était donné, dont le résultat devait être la perte d'une jeune fille aussi innocente qu'inconsidérée. Sans perdre de temps, Aubrey se présente à lord Ruthven, lui demande brusquement quelles sont ses intentions envers cette demoiselle, et lui annonce qu'il a appris qu'il devait avoir cette nuit même une entrevue avec elle. Lord Ruthven répond que ses intentions sont les mêmes que celles de tout autre en pareille occasion. Aubrey le presse et veut savoir s'il songe au mariage. Ruthven se tait et laisse échapper un sourire ironique. Aubrey se retire et fait savoir par un billet à sa seigneurie qu'il renonce à l'accompagner dans le reste de ses voyages. Il ordonne à son domestique de chercher d'autres appartements et court apprendre à la comtesse tout ce qu'il savait non seulement sur la conduite de sa fille, mais encore sur le caractère de milord. On mit obstacle au rendez-vous. Le lendemain, lord Ruthven se contenta d'envoyer son domestique à Aubrey pour lui faire savoir qu'il adhérait entièrement à ses projets de séparation ; mais il ne laissa percer aucun soupçon sur la part que son ancien ami avait eue dans le dérangement de ses projets.

Après avoir quitté Rome, Aubrey dirigea ses pas vers la Grèce, et arriva bientôt à Athènes, après avoir traversé la péninsule. Il s'y logea dans la maison d'un grec. Bientôt il s'occupa à rechercher les souvenirs d'une ancienne gloire sur ces monuments qui, honteux de ne raconter qu'à des esclaves les exploits d'hommes libres, semblaient se cacher dans la terre ou se voiler de lichens variés. Sous te même toit que lui vivait une jeune fille si belle, si délicate, qu'un peintre l'aurait choisie pour modèle, s'il avait voulu retracer sur la toile l'image des houris que Mahomet promet au fidèle croyant ; seulement ses yeux décelaient bien plus d'csprit que ne peuvent en avoir ces beautés à qui le prophète refuse une âme. Soit qu'elle dansât dans la plaine, ou qu'elle courût sur le penchant des montagnes, elle surpassait la gazelle en grâces et en légèreté. Ianthe accompagnait Aubrey dans ses recherches des monuments antiques, et souvent le jeune antiquaire était bien excusable d'oublier en la voyant une ruine qu'il regardait auparavant comme de la dernière importance pour interpréter un passage de Pausanias.

Pourquoi s'efforcer de décrire ce que tout le monde sent, mais que personne ne saurait exprimer ? C'étaient l'innocence, la jeunesse, et la beauté, que n'avaient flétris ni les salons ni les bals d'apparat. Tandis qu'Aubrey dessinait les ruines dont il voulait conserver le souvenir, elle se tenait auprès de lui et observait les effets magiques du pinceau qui retraçait les scènes du lieu de sa naissance. Tantôt elle lui représentait les danses de sa patrie, tantôt elle lui dépeignait avec l'enthousiasme de la jeunesse, la pompe d'une noce dont elle avait été témoin dans son enfance, tantôt, faisant tomber la conversation sur un sujet qui paraissait plus vivement frapper le jeune homme, elle lui répétait tous les contes surnaturels de sa nourrice. Le feu et la ferme croyance qui animait sa narration excitaient l'attention d'Aubrey. Souvent, tandis qu'elle lui racontait l'histoire d'un vampire qui avait passé plusieurs années au milieu de ses parents et de ses amis les plus chers, et était forcé pour prolonger son existence de quelques mois, de dévorer chaque année une femme qu'il aimait, son sang se glaçait dans ses veines, quoiqu'il s'efforçât de rire de ces contes horribles et chimériques. Mais Ianthe lui citait le nom de plusieurs vieillards qui avaient découvert un vampire vivant au milieu d'eux, après qu'un grand nombre de leurs parents et de leurs enfants eurent été trouvés morts avec les signes de la voracité de ces monstres. Affligée de son incrédulité, elle le suppliait d'ajouter foi à son récit, car on avait remarqué, disait-elle, que ceux qui avaient osé mettre en doute l'existence des vampires en avaient trouvé des preuves si terribles qu'ils avaient été forcés de l'avouer, avec la douleur la plus profonde. Elle lui dépeignit la figure de ces monstres, telle que la tradition la lui avait montrée, et l'horreur d'Aubrey fut à son comble, lorsque cette peinture lui rappela exactement les traits de lord Ruthven ; il persista cependant à vouloir lui persuader que ses craintes étaient imaginaires, mais en même temps il était frappé de ce que tout semblait se réunir pour lui faire croire au pouvoir surnaturel de lord Ruthven.

Aubrey s'attachait de plus en plus à Ianthe ; son cœur était touché de son innocence qui contrastait si fort avec l'affectation des femmes au milieu desquelles il avait cherché à réaliser ses rêves romanesques. Il trouvait ridicule la pensée de l'union d'un jeune Anglais avec une grecque sans éducation, et cependant son amour pour Ianthe augmentait chaque jour. Quelquefois il essayait de se séparer d'elle pour quelque temps ; il se proposait d'aller à la recherche de quelques débris de l'antiquité, résolu de revenir lorsqu'il aurait atteint le but de sa course ; mais lorsqu'il y était parvenu, il ne pouvait fixer son attention sur tes ruines qui l'environnaient, tant son esprit conservait l'image de celle qui semblait seule en droit d'occuper ses pensées. Ianthe ignorait l'amour qu'elle avait fait naître ; l'innocence de ses amusements avait toujours le même caractère enfantin. Elle paraissait toujours se séparer d'Aubrey avec répugnance ; mais c'était seulement parce qu'elle ne pouvait pas visiter les lieux qu'elle aimait à fréquenter, pendant que celui qui l'accompagnait était occupé à découvrir ou à dessiner quelque ruine qui avait échappé à la main destructive du temps. Elle en avait appelé au témoignage de ses parents au sujet des Vampires, et tous deux avaient affirmé leur existence en pâlissant d'horreur à ce seul nom. Peu de temps après, Aubrey résolut de faire une de ses excursions qui ne devait le retenir que quelques heures ; lorsqu'ils apprirent le lieu où il dirigeait ses pas, ils le supplièrent de revenir avant la nuit, car il serait obligé de passer par un bois où. aucune considération n'aurait pu retenir un Grec après le coucher du soleil. Ils lui dépeignirent ce lieu comme le rendez-vous des vampires pour leurs orgies nocturnes, et lui prédirent les plus affreux malheurs, s'il osait s'y aventurer après la fin du jour. Aubrey fit peu de cas de leurs représentations et souriait de leur frayeur ; mais lorsqu'il les vit trembler à la pensée qu'il osait se moquer de cette puissance infernale et terrible, dont le nom seul les glaçait de terreur, il garda le silence.

Le lendemain matin, lorsqu'il se préparait à partir seul pour son excursion, Aubrey fut surpris de la consternation répandue sur tous les traits de ses hôtes et apprit avec étonnement que ses railleries sur la croyance de ces monstres affreux étaient seules la cause de leur terreur. Au moment de son départ Ianthe s'approcha de lui, et le supplia avec instance d'être de retour avant que la nuit eût rendu à ces êtres horribles l'exercice de leur pouvoir. Il le promit. Cependant ses recherches l'occupèrent à un tel point qu'il ne s'aperçut pas que le jour était à son déclin, et qu'il ne remarqua pas un de ces nuages noirs, qui, dans ces climats brûlants, couvrent bientôt tout l'horizon de leur masse épouvantable et déchargent leur rage sur les campagne désolées. Il monta à cheval, résolu de regagner par la vitesse de sa course le temps qu'il avait perdu ; mais il était trop tard. On connaît à peine le crépuscule dans les climats méridionaux ; la nuit commença immédiatement après le coucher du soleil. Avant qu'il eût fait beaucoup de chemin, l'orage éclata dans toute sa furie ; les tonnerres répétés avec fracas par les échos d'alentour faisaient entendre un roulement continuel, la pluie qui tombait par torrents eut bientôt percé le feuillage sous lequel il avait cherché un asile ; les éclairs semblaient éclater à ses pieds. Tout d'un coup son cheval épouvanté l'emporta rapidement au travers de la forêt, et ne s'arrêta que lorsqu'il fut harassé de fatigue. Aubrey découvrit à la lueur des éclairs une chaumière qui s'élevait au-dessus des broussailles qui l'environnaient. Il descendit de cheval et s'y dirigea, espérant y trouver un guide qui le ramenât à la ville, ou un asile contre les fureurs de la tempête. Comme il s'en approchait, le tonnerre, en cessant un moment de gronder, lui permit d'entendre les cris d'une femme mêlés aux éclats étouffés d'un rire insultant ; mais rappelé à lui par le fracas de la foudre qui éclatait sur sa tête, il force la porte de la chaumière. Il se trouve dans une obscurité profonde ; cependant le son des mêmes voix guide encore ses pas. On paraît ne pas s'apercevoir de son entrée, quoiqu'il appelle à grands cris ; en s'avançant, il heurte un homme qui le saisit, et une voix s'écrie : *se rira-t-on encore de moi ?* Un éclat de rire succède à ses paroles, il se sent alors fortement serré par une force plus qu'humaine ; résolu de vendre chèrement sa vie, il oppose de la résistance ; mais c'est en vain, il est bientôt violemment renversé. Son ennemi se précipitant sur lui, et appuyant son genou sur sa poitrine, portait déjà ses mains à sa gorge, lorsque la clarté de plusieurs torches, pénétrant par l'ouverture qui donnait passage à la lumière du jour, le force d'abandonner sa victime, il se lève aussitôt, et s'élance dans la forêt. On entendit le froissement des branches qu'il heurtait dans sa fuite, et il disparut. La tempête étant apaisée, Aubrey, incapable de mouvement, parvint à se faire entendre ; les gens qui étaient au dehors entrèrent ; la lueur de leurs torches éclaira les murailles nues et le chaume du toit noirci par des flocons de suie. À la prière d'Aubrey, ils cherchèrent la femme dont les cris l'avaient attiré. Il demeura de nouveau dans les ténèbres ; mais quelle fut son horreur, lorsqu'il reconnut dans un cadavre qu'on apporta auprès de lui la belle compagne de ses courses ! Il ferma les yeux, espérant que ce n'était qu'un fantôme créé par son imagination troublée ; mais, lorsqu'il les rouvrit, il aperçut le même corps étendu à son côté ; ses lèvres et ses joues étaient également décolorées ; mais le calme de son visage la rendait aussi intéressante que lorsqu'elle jouissait de la vie. Sou cou et son sein étaient couverts de sang et sa gorge portait les marques des dents qui avaient ouvert sa veine. À cette vue, les Grecs, saisis d'horreur, s'écrièrent à la fois : *Elle est victime d'un vampire !* On fit à la hâte un brancard. Aubrey y fut déposé à côté de celle qui avait été tant de fois l'objet de ses rêves. Visions brillantes et fugitives évanouies avec la fleur d'Ianthe ! Il ne pouvait démêler ses pensées, son esprit était engourdi et semblait craindre de former une réflexion ; il tenait à la main, presque sans le savoir, un poignard d'une forme extraordinaire qu'on avait trouvé dans la cabane. Ils rencontrèrent bientôt différentes troupes que la mère d'Ianthe avait envoyées à la recherche de sa fille, dès qu'elle s'était aperçue de son absence. Leurs cris lamentables à l'approche de la ville, apprirent aux parents qu'il était arrivé une catastrophe terrible. Il serait impossible de peindre leur désespoir ; mais lorsqu'ils reconnurent la cause de la mort de leur fille, ils regardèrent tour à tour son corps inanimé et Aubrey. Ils furent inconsolables et moururent tous les deux de douleur.

Aubrey fut mis au lit ; une fièvre violente le saisit. Il fut souvent dans le délire ; dans ces intervalles, il prononçait le nom de Ruthven et d'Ianthe ; par une étrange combinaison d'idées, il semblait supplier son ancien ami d'épargner l'objet de son amour. D'autres fois, il l'accablait d'imprécations, et le maudissait comme l'assassin de la jeune fille. Lord Ruthven arriva à Athènes à cette époque, et, on ne sait par quel motif, dès qu'il apprit l'état d'Aubrey, il vint habiter la même maison que lui, et le soigna constamment. Lorsqu'Aubrey sortit du délire, l'aspect d'un homme dont les traits lui présentaient l'image d'un vampire, le frappa de terreur, mais Ruthven, par ses douces paroles, par son repentir de la faute qui avait causé leur séparation, et encore plus par ses attentions, son inquiétude et ses soins assidus, lui rendit bientôt sa présence agréable. Il paraissait tout à fait changé : ce n'était plus cet être apathique qui avait tant étonné Aubrey. Mais à mesure que celui-ci recouvra la santé, le lord revint peu à peu à son ancien caractère et Aubrey n'aperçut dans ses traits d'autre différence que le sourire d'une joie maligne qui venait quelquefois se jouer sur ses lèvres, tandis que son regard était fixé sur lui ; Aubrey n'en connaissait pas le motif, mais ce sourire était fréquent. Sur la fin de la convalescence du malade, lord Ruthven parut uniquement occupé, tantôt à considérer les vagues de cette mer qu'aucune marée n'agite, amoncelées par la bise, tantôt à observer la course de ces globes qui roulent, comme notre monde, autour du soleil immobile ; il semblait vouloir éviter tous les regards.

Ce coup terrible avait beaucoup affaibli les forces morales d'Aubrey ; et cette vivacité d'imagination qui le distinguait autrefois semblait l'avoir abandonné pour jamais. Le silence et la solitude avaient autant de charmes pour lui que pour lord Ruthven. Mais cette solitude qu'il aimait tant, il ne pouvait pas la trouver aux environs d'Athènes ; s'il la cherchait au milieu des ruines qu'il fréquentait autrefois, l'image d'Ianthe se tenait auprès de lui ; s'il la cherchait dans la foret, il la voyait encore errant au milieu des taillis, courant d'un pied léger, ou occupée à cueillir la modeste violette, puis tout d'un coup elle lui montrait, en se retournant, son visage couvert d'une pâleur mortelle et sa gorge ensanglantée, tandis qu'un sourire mélancolique errait sur ses lèvres décolorées. Il résolut de fuir une contrée où tout lui rappelait des souvenirs amers. Il proposa à lord Ruthven, à qui il se sentait uni par les liens de la reconnaissance, de parcourir ces contrées de la Grèce que personne n'avait encore visitées. Ils voyagèrent dans toutes les directions, n'oubliant aucun lieu célèbre et s'arrêtant devant tous les débris qui rappelaient un illustre souvenir. Cependant ils paraissaient occupés de tout autre chose que des objets qu'ils avaient sous les yeux. Ils entendaient beaucoup parler de brigands, mais ils commençaient à faire peu de cas de ces bruits, en attribuant l'invention aux habitants qui avaient intérêt à exciter ainsi la générosité de ceux qu'ils protégeraient contre ces prétendus dangers. Négligeant les avis des gens du pays, ils voyagèrent une fois avec un petit nombre de gardes qu'ils avaient pris plutôt pour leur servir de guides que pour les défendre. Au moment où ils entraient dans un défilé étroit, dans le fond duquel roulait un torrent, dont le lit était encombré d'énormes masses de rocs qui s'étaient détachées des précipices voisins, ils recommencèrent à se repentir de leur confiance ; car à peine toute leur troupe fut engagée dans cet étroit passage, qu'ils entendirent le sifflement des balles au-dessus de leurs têtes, et un instant après les échos répétèrent le bruit de plusieurs coups de feu. Aussitôt leurs gardes les abandonnèrent, et coururent se placer derrière des rochers, prêts à faire feu du côté d'où les coups étaient partis. Lord Ruthven et Aubrey, imitant leur exemple, se réfugièrent un moment à l'abri d'un roc avancé, mais bientôt, honteux de se cacher ainsi devant un ennemi dont les cris insultants les défiaient d'avancer, se voyant d'abord exposés à une mort presque certaine, si quelques brigands grimpaient sur les rochers au-dessus d'eux et les prenaient par derrière, ils résolurent d'aller à leur rencontre. À peine eurent-ils dépassé le roc qui les protégeait, que lord Ruthven reçut une balle dans l'épaule qui le renversa. Aubrey courut pour le secourir, et ne songeant pas a son propre péril, il fut surpris de se voir entouré par les brigands. Les gardes avaient mis bas les armes, dès que lord Ruthven avait été blessé.

Par la promesse l'une grande récompense, Aubrey engagea les brigands à transporter son ami blessé dans une chaumière voisine. Il convint avec eux d'une rançon, et ne fut plus troublé par leur présence ; ils se contentèrent de garder l'entrée, jusqu'au retour de leur camarade, qui était allé toucher la somme promise avec un ordre d'Aubrey. Les forces de lord Ruthven s'affaissèrent rapidement ; deux jours après, la gangrène se mit à sa blessure ; et la mort semblait s'avancer à grands pas. Sa conduite et son extérieur étaient toujours les mêmes. Il paraissait aussi insensible à sa douleur qu'aux objets qui l'environnaient. Cependant vers la fin du jour son esprit parut fort agité ; ses yeux se fixaient souvent sur Aubrey, qui lui prodiguait ses soins avec la plus grande sollicitude. – « Secourez-moi ! vous le pouvez... Sauvez... je ne dis pas ma vie ; rien ne peut la sauver ; je ne la regrette pas plus que le jour qui vient de finir ; mais sauvez mon honneur, l'honneur de votre ami. » – « Comment ? que voulez-vous dire ? Je ferai tout pour vous », répondit Aubrey. – « Je demande bien peu de chose... la vie m'abandonne... je ne puis tout vous expliquer...

Mais si vous gardez le silence sur ce que vous savez de moi, mon honneur sera sans tache... et si pendant quelque temps on ignorait ma mort en Angleterre... et... ma vie. » – « Tout le monde l'ignorera. » – « Jurez » cria le mourant en se levant avec force, « jurez par tout ce que votre âme révère, par tout ce qu'elle craint, jurez que d'un an et un jour, vous ne ferez connaître à aucun être vivant mes crimes et ma mort, quoi qu'il puisse arriver, quoi que vous puissiez voir ! » Ses yeux étincelants semblaient sortir de leur orbite. « Je le jure », dit Aubrey. Lord Ruthven retomba sur son oreiller avec un rire affreux et il ne respirait plus.

Aubrey se retira pour se reposer, mais il ne put dormir ; tous les événements qui avaient marqué ses relations avec cet homme se retraçaient à son esprit ; il ne savait pourquoi, lorsqu'il se rappelait son serment, un frisson glacé courait dans ses veines, comme s'il eût été agité par un horrible pressentiment. Il se leva de grand matin, et au moment où il entrait dans le lieu où il avait laissé le cadavre, il rencontra un des voleurs qui lui dit que, conformément à la promesse qu'ils avaient faite à sa seigneurie, lui et ses camarades avaient transporté son corps au sommet d'une montagne ; il ne trouva aucune trace du corps ni de ses vêtements, quoique les voleurs lui jurassent qu'ils l'avaient déposé sur le même rocher qu'ils indiquaient. Mille conjectures se présentèrent à son esprit, mais il retourna enfin, convaincu qu'on avait enseveli le cadavre après l'avoir dépouillé de ce qui le couvrait.

Lassé d'un pays où il avait éprouvé des malheurs si terribles, et où tout conspirait à rendre plus profonde la mélancolie que des idées superstitieuses avaient fait naître dans soit âme, il résolut de fuir et arriva bientôt à Smyrne. Tandis qu'il attendait un vaisseau qui devait le transporter à Otrante ou à Naples, il s'occupa à mettre en ordre quelques effets qui avaient appartenu à lord Ruthven. Entre autres objets il trouva une cassette qui contenait plusieurs armes offensives plus ou moins propres à assurer la mort de la victime qui en était frappée ; il y avait plusieurs poignards et sabres orientaux. Pendant qu'il examinait leurs formes curieuses, quelle fut sa surprise de rencontrer un fourreau dont les ornements étaient du même goût que ceux du poignard trouvé dans la fatale cabane ! Il frissonna : pour mettre un terme à son incertitude, il courut chercher cette arme et découvrit avec horreur qu'elle s'adaptait parfaitement avec le fourreau qu'il tenait dans la main. Ses yeux n'avaient pas besoin d'autres preuves ; il ne pouvait se détacher du poignard. Aubrey aurait voulu récuser le témoignage de sa vue ; mais la forme particulière de l'arme, les ornements de la poignée pareils à ceux du fourreau, détruisaient tous les doutes ; bien plus, l'un et l'autre étaient tachés de sang.

Il quitta Smyrne et, en retournent dans sa patrie, il passa à Rome, où il s'informa de la jeune personne, que lord Ruthven avait cherché à séduire. Ses parents étaient dans la détresse ; ils avaient perdu toute leur fortune, et on n'avait plus entendu parler de leur fille depuis le départ du lord. L'esprit d'Aubrey était accablé de tant d'horreurs : il craignait qu'elle n'eût été la victime du meurtrier d'Ianthe ! Toujours plongé dans une sombre rêverie, il ne semblait en sortir que pour presser les postillons, comme si la rapidité de sa course eût dû sauver la vie à quelqu'un qui lui était cher. Enfin il arriva bientôt à Calais ; un vent qui paraissait seconder sa volonté le conduisit en peu d'heures sur les rivages de l'Angleterre ! Il courut à la maison de ses pères, et oublia pour un moment, au milieu des embrassements de sa sœur, le souvenir du passé. Ses caresses enfantines avaient autrefois gagné son affection, et aujourd'hui qu'elle était embellie des charmes et des grâces de son sexe, sa société était devenue encore plus précieuse à son frère.

Miss Aubrey n'avait pas ces dehors qui séduisent et qui attirent les regards et les applaudissements dans les cercles et les assemblées. Elle ne possédait pas cette légèreté brillante qui n'existe que dans les salons. Son œil bleu ne respirait pas la vivacité d'un esprit enjoué ; mais on voyait s'y peindre cette douce mélancolie que le malheur n'a pas fait naître, mais qui révèle une âme soupirant après un meilleur monde. Sa démarche n'était pas légère comme celle de la beauté qui poursuit un papillon ou un objet qui l'éblouit par le vif éclat de ses couleurs ; elle était calme et réfléchie. Lorsqu'elle était seule, le sourire de la joie ne venait jamais luire sur son visage ; mais quand son frère lui exprimait son affection, quand il oubliait auprès d'elle les chagrins qui troublaient son repos, qui aurait préféré à son sourire celui d'une beauté voluptueuse ? Tous ses traits peignaient alors les sentiments qui étaient naturels à son âme. Elle n'avait que dix-huit ans, et n'avait pas encore paru dans la société, ses tuteurs ayant pensé qu'il convenait d'attendre le retour de son frère, qui serait son protecteur. On avait décidé que la première assemblée à la cour serait l'époque de son entrée dans le monde. Aubrey aurait préféré demeurer dans la maison pour se livrer sans réserve à sa mélancolie. Il ne pouvait pas prendre un grand intérêt à toutes les frivolités de ces réunions, lui qui avait été tourmenté par tous les événements dont il avait été le témoin ; mais il résolut de sacrifier ses goûts à l'intérêt de sa sœur. Ils arrivèrent à Londres et se préparèrent à paraître le lendemain à l'assemblée qui devait avoir lieu à la cour.

La réunion était nombreuse ; il n'y avait pas eu de réception à la cour depuis longtemps, et tous ceux qui étaient jaloux de se réchauffer au sourire de la royauté y étaient accourus. Aubrey s'y rendit avec sa sœur. Il se tenait dans un coin, inattentif à tout ce qui se passait autour de lui, et se rappelant avec une douleur amère que c'était dans ce lieu même, qu'il avait vu lord Ruthven pour la première fois, tout à coup il se sent saisi par le bras, et une voix qu'il reconnut trop bien retentit à son oreille : *Souviens-toi de ton serment !* Il osait à peine se retourner, redoutant de voir un spectre qui l'aurait anéanti, lorsqu'il aperçoit, à quelques pas de lui, le même personnage qui avait attiré son attention dans ce lieu même, lors de sa première entrée dans le monde. Il ne peut en détourner ses yeux ; mais bientôt ses jambes fléchissent sous le poids de son corps, il est forcé de prendre le bras d'un ami pour se soutenir, se fait jour à travers la foule, se jette dans sa voiture et rentre chez lui. Il se promène dans sa chambre à pas précipités ; il couvre sa tête de ses mains, comme s'il voulait empêcher que d'autres pensées ne jaillissent de son cerveau troublé. Lord Ruthven encore devant lui... le poignard... son serment... tout se réunit pour bouleverser ses idées. Il se croit en proie à un songe affreux... un mort rappelé à la vie ! Il pense que son imagination seule a présenté à ses regards le fantôme de celui dont le souvenir le poursuit sans cesse. Toute autre supposition serait-elle possible ? Il retourne dans la société ; mais à peine veut-il faire quelques questions sur lord Ruthven, que son nom expire sur ses lèvres, et il ne peut rien apprendre. Quelque temps après il conduit sa sœur dans la société d'un de ses proches parents. Il la laisse auprès d'une dame respectable, et se retire à l'écart pour se livrer aux souvenirs qui le dévorent. S'apercevant enfin que plusieurs personnes se retiraient, il sort de sa rêverie et entre dans la salle voisine ; il y trouve sa sœur entourée d'un groupe nombreux, engagé dans une conversation animée ; il veut s'ouvrir un passage jusqu'à elle, lorsqu'une personne, qu'il priait de se retirer un peu, se retourne et lui montre ces traits qu'il abhorrait. Aussitôt Aubrey s'élance, saisit sa sœur par le bras, et l'entraîne d'un pas rapide ; à la porte de la rue, il se voit arrêté par la foule des domestiques qui attendaient leurs maîtres ; tandis qu'il passe au milieu d'eux, il entend encore cette voix trop connue lui répéter tout bas : *Souviens-toi de ton serment !* Il n'ose pas retourner ; mais il entraîne plus vivement sa sœur et arrive enfin dans sa maison.

Aubrey fut sur le point de perdre l'esprit. Si autrefois le seul souvenir du monstre occupait son imagination, combien plus terrible devait être cette pensée, aujourd'hui qu'il avait acquis la certitude de son retour à la vie ! Il recevait les soins de sa sœur sans en apercevoir : c'était en vain qu'elle lui demandait la cause de son brusque départ. Il ne lui répondait que par quelques mots entrecoupés qui la glaçaient d'effroi. Plus il réfléchissait, plus son esprit s'égarait. Son serment faisait son désespoir ; devait-il laisser le monstre chercher librement une nouvelle victime ? devait-il le laisser dévorer ce qu'il avait de plus cher, sans prévenir les effets d'une rage, qui pouvait être assouvie sur sa propre sœur ? Mais quand il violerait son serment ; quand il dévoilerait ses soupçons, qui ajouterait foi à son récit ? Il pensa que sa main devait délivrer le monde d'un tel fléau ; mais, hélas ! il se souvint que le monstre se riait de la mort. Pendant quelques jours, il demeura dans cet état enfermé dans sa chambre ; ne voyant personne, et ne mangeant que ce que sa sœur lui apportait, en le conjurant, les armes aux yeux, de soutenir sa vie par pitié pour elle. Enfin, ne pouvant plus supporter le silence et a solitude, il quitta sa maison, et erra de rue en rue, pour fuir le fantôme qui le poursuivait. Ses vêtements étaient négligés, et il était exposé aussi souvent aux ardeurs du soleil qu'à la fraîcheur des nuits. D'abord il rentrait chez lui chaque soir : mais bientôt il se couchait là où la fatigue le forçait à s'arrêter. Sa sœur, craignant pour sa sûreté, le faisait suivre par ses domestiques ; il se dérobait à eux aussi vite que la pensée. Cependant sa conduite changea tout d'un coup. Frappé de l'idée que son absence laissait ses amis exposés à la fureur d'un monstre qu'ils ne connaissaient pas, il résolut de rentrer dans la société pour surveiller de près lord Ruthven, et le démasquer malgré son serment, aux yeux de tous ceux qui vivaient dans son intimité. Mais lorsqu'il entrait dans un salon, ses yeux étaient hagards, il regardait avec un air soupçonneux ; son agitation intérieure perçait tellement au dehors que sa sœur fut enfin obligée de le prier d'éviter une société qui l'affectait si péniblement. Ses conseils furent inutiles ; alors ses tuteurs, craignant que sa raison ne s'altérât, crurent qu'il était temps d'employer l'autorité que les parents d'Aubrey leur avaient confiée.

Voulant lui épargner les accidents et les souffrances auxquels il était chaque jour exposé dans ses courses vagabondes, et dérober aux yeux du public les marques de ce qu'ils prenaient pour de la folie, ils engagèrent un médecin à demeurer dans sa maison et à lui donner des soins assidus. Il parut à peine s'apercevoir de sa présence, tant était profonde la préoccupation de son esprit Le désordre de ses idées s'accrut à un tel point, qu'on fut obligé de le renfermer dans sa chambre. Il demeurait plusieurs jours de suite dans un état de stupeur, d'où rien ne pouvait le faire sortir ; sa maigreur était excessive : ses yeux avaient un éclat vitreux. La présence de sa sœur avait seule le pouvoir d'exciter en lui quelques signes de souvenir et d'affection. Alors il s'avançait brusquement vers elle, lui prenait les mains, jetait sur elle des regards qui la faisaient trembler, et s'écriait : « Ah ! ne le touche pas ! au nom de l'amitié qui nous unit, ne t'approche pas de lui ! » En vain elle lui demandait de qui il voulait parler, il ne répondait que ces mots : « C'est vrai ! ce n'est que trop vrai ! » et il retombait dans le même état d'insensibilité. Plusieurs mois se passèrent ainsi ; cependant, à mesure que l'année s'écoulait, ses moments d'aliénation devinrent moins fréquents ; sa sombre mélancolie parut s'éclaircir par degrés. Ses tuteurs observèrent qu'il comptait sur ses doigts un nombre déterminé, et qu'alors il souriait.

Le temps avait fui, et l'on était arrivé au dernier jour de l'année lorsqu'un des tuteurs d'Aubrey entra dans sa chambre, et s'entretint avec le médecin du malheur qui retenait son pupille dans une situation si déplorable, au moment où sa sœur était à la veille de se marier. Aussitôt l'attention d'Aubrey s'éveilla, il demanda avec inquiétude quel homme elle devait épouser. Ravis de cette marque d'un retour à la raison qu'ils n'osaient espérer, ils lui nommèrent le comte de Marsden. Aubrey parut charmé d'entendre le nom de ce jeune homme, qu'il croyait avoir connu dans la société, et il les étonna en leur exprimant le désir d'assister aux noces et en demandant à voir sa sœur. Ils ne répondirent rien, mais quelques moments après, sa sœur fut auprès de lui. Il était encore sensible à son aimable sourire ; il la pressait sur son sein, l'embrassait avec transport. Miss Aubrey versait des larmes de joie en voyant son frère renaître à la santé et aux sentiments de l'amitié fraternelle. Il se mit à lui parler avec son ancienne chaleur et à la féliciter de son mariage avec un homme si distingué par son rang et ses bonnes qualités ; tout à coup il aperçoit un médaillon suspendu sur sa poitrine, il l'ouvre, et quelle est sa surprise en reconnaissant les traits du monstre qui avait en tant d'influence sur sa destinée. Il saisit le portrait avec fureur et le foule aux pieds. Sa sœur lui demande pour quel sujet il traite ainsi l'image de son futur époux ; il la regarde et ne l'entend pas... il lui prend les mains ; son regard est frénétique. « Jure-moi, s'écrie-t-il, jure-moi de ne jamais t'unir à ce monstre ; c'est lui... » Il ne peut achever... il croit entendre cette voix connue qui lui rappelle son serment ; il se retourne soudain, croyant que lord Ruthven était derrière lui ; mais il ne voit personne ; ses tuteurs et le médecin qui avaient tout entendu accourent, et pensant que c'était un nouvel accès de folie, ils le séparent de miss Aubrey qu'ils engagent à se retirer. Il tombe à genoux, il les supplie de différer d'un jour le mariage. Ils prennent ses prières pour une nouvelle preuve de démence, tachent de le calmer et se retirent.

Lord Ruthven s'était présenté chez Aubrey le lendemain de l'assemblée qui avait eu lieu à la cour ; mais on refusa de le voir comme toutes les autres personnes. Lorsqu'il apprit la maladie d'Aubrey, il comprit facilement qu'il en était la cause ; mais lorsqu'il sut que son esprit était aliéné, sa joie fut si excessive qu'il put à peine la cacher aux personnes qui lui avaient donné cette nouvelle. Il s'empressa de se faire introduire dans la maison de son ancien ami, et par des soins assidus, et l'affection qu'il feignait de porter à son frère, il parvint à se faire aimer de miss Aubrey. Qui pouvait résister au pouvoir de cet homme ? Il racontait avec éloquence les dangers qu'il avait courus. Il se peignait comme un être qui n'avait de sympathie sur la terre qu'avec celle à qui il s'adressait. Il lui disait qu'il n'avait connu le prix de la vie, que depuis qu'il avait eu le bonheur d'entendre les sons touchants de sa voix ; en un mot, il sut si bien mettre en usage cet art funeste dont le serpent se servit le premier, qu'il réussit à gagner son affection. Le titre de la branche aînée lui étant échu, il avait obtenu une ambassade importante, qui lui servit d'excuse pour hâter son mariage. Malgré l'état déplorable du frère de sa future, il devait partir le lendemain pour le continent.

Aubrey, laissé seul par le médecin et son tuteur, tâcha de gagner les domestiques, mais ce fut en vain. Il demanda des plumes et du papier, on lui en apporta ; il écrivit une lettre à sa sœur, où il la conjurait, si elle avait à cœur sa félicité, son propre honneur, celui des auteurs de ses jours, qui voyaient en elle l'espérance de leur maison, de retarder de quelques heures un mariage qui devait être la source des malheurs les plus terribles. Les domestiques promirent de la lui remettre ; mais ils la donnèrent au médecin qui ne voulut pas troubler l'esprit de miss Aubrey par ce qu'il regardait comme les rêves d'un insensé. La nuit se passa sans que les habitants de la maison se livrassent au repos. On concevra plus facilement qu'on ne pourrait le décrire l'horreur que ces préparatifs inspiraient au malheureux Aubrey. Le matin arriva, et le fracas des carrosses vint frapper ses oreilles. Aubrey fut dans un accès de frénésie. La curiosité des domestiques l'emporta sur leur vigilance ; ils s'éloignèrent les uns après les autres, le laissant sous la garde d'une vieille femme. Il saisit cette occasion, s'élance d'un saut vers la porte et se trouve en un instant au milieu de l'appartement où tout le monde était rassemblé. Lord Ruthven l'aperçoit le premier ; il s'en approche aussitôt, le saisit par le bras avec force, et l'entraîne hors du selon, muet de rage. Lorsqu'ils sont sur l'escalier, lord Ruthven lui dit tout bas : « *Souviens-toi de ton serment*, et sache que ta sœur est déshonorée, si elle n'est pas aujourd'hui mon épouse. Les femmes sont fragiles ! » Il dit et le pousse dans les mains des domestiques qui, rappelés par la vieille femme, étaient à sa recherche. Aubrey ne pouvait plus se soutenir ; sa rage, forcée de se concentrer, causa la rupture d'un vaisseau sanguin : on le porta dans son lit. Sa sœur ne sut point ce qui venait de se passer ; elle n'était pas dans le salon lorsqu'il y entra et le médecin ne voulut pas l'affliger par ce spectacle. Le mariage fut célébré et les nouveaux époux quittèrent Londres.

La faiblesse d'Aubrey augmenta ; l'effusion abondante du sang produisit les symptômes d'une mort prochaine. Il fit appeler ses tuteurs et lorsque minuit eut sonné, il leur raconta avec calme ce que le lecteur vient de lire, et aussitôt il expira.

On vola au secours de miss Aubrey, mais lorsqu'on arriva, il était trop tard : Lord Ruthven avait disparu et le sang de la sœur d'Aubrey avait éteint la soif d'un Vampire.